神探
包青天
Detective Bao
7
五鼠鬧東京
創作繪畫◎余遠鍠
故事文字◎何肇康
U0053985

編者序

《神探包青天》是坊間少有糅合了中華文化及文學，但又加入了現代推理元素的青少年作品，除了在香港愈來愈受歡迎外，最近亦喜獲中國「北京小馬車」及台灣「東雨文化」這兩家出版社的青睞購入版權，月內將會推出中國簡體版及台灣繁體版，相信未來會增添更多華文世界的小讀者！

來到第七期，不單是展昭回歸開封府後，首次率領四大名捕的一戰，更是著名角色「陷空島五鼠」的初登場。環繞包包及開封的邪惡勢力，即將原形畢露，《五鼠鬧東京》這場官府與俠盜的對決，亦是個把故事帶入高潮的序幕！特別一提，今期封面和下期封面合併來看，非常有氣勢！

人物介紹

包青天

包拯，以清廉公正聞名於世，被後世稱譽為「包青天」。中國民間信仰傳其為文曲星轉世。善於觀察，長於判案，充滿威嚴，有著過人的計謀和查案能力。

青青姑娘

包拯之女。歌藝出色，心思細密，善解人意。為開封四大捕快所喜，然而她的芳心卻是屬意展昭。

公孫策

包青天的師爺，最信任的助手。尖酸刻薄，愛取笑嘲諷四大捕快。其實內心善良，恨鐵不成鋼。

展昭

大宋最強捕快，御前四品帶刀護衛，全國唯一一個擁有五星護甲的捕快。赤膽忠肝，深得包大人器重，更被皇上御賜「御貓」之名。本來性格豁達開朗，和藹可親，可惜經歷一次生關死劫之後，性情大變，變得沉默寡言，我行我素……

趙虎

開封四大捕快之一。身材魁梧，聲如洪鐘，力大無窮，擅長各門各派的功夫。性格衝動莽撞，非常重情義。

馬漢

開封四大捕快之一。身藏非凡的輕功，身手敏捷，靜若處子，動若脫兔，善於追捕犯人。

王朝

開封四大捕快之首。有著非常厲害的易容技術，經常憑此潛入敵陣，索取重要情報和破案。性格平易近人，充滿正義感。做事冷靜，傾向用計謀解決問題，不會隨便硬碰。

張龍

開封四大捕快之一。出水能跳，入水能游，善於水性，有一身好水功，在水中游移如靈蛇閃現，水戰中幾乎必能捉住敵人。個性自信，喜我行我素。

目錄

序章	徹地鼠韓霜	p.5
第一章	箭在弦上	p.10
第二章	五鼠鬧東京	p.20
第三章	翻江鼠的幻術	p.34
第四章	開封淪陷	p.46
第五章	救包十二時辰	p.56
第六章	五鼠的計謀	p.64
第七章	俠盜與強盜	p.73
第八章	逃出府衙	p.84
第九章	伸冤	p.101
第十章	陷空島的危機	p.115
第十一章	劃破黑夜	p.125

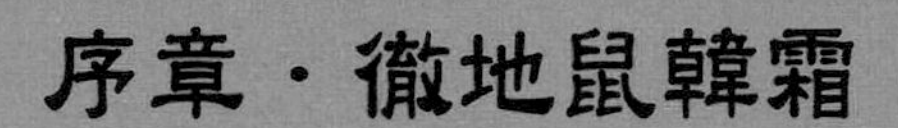

序章・徹地鼠韓霜

深夜，王朝與馬漢領著衙差隊伍，一行七人在街道上巡邏。

王朝打著燈籠領在隊伍前方，一絲不苟地查看每個暗處。

馬漢一臉不在乎，打著呵欠跟在他身後。

「王朝……我們有必要這麼一副**如臨大敵**的模樣嗎？」

王朝轉身面向著馬漢，狠狠地在他額頭彈了一下。

「包大人不是說過了嗎？」他沒好氣的道：「陷空島的其他四鼠，想必會**傾巢而出**，前來營救白玉棠的！」

的確，打從錦毛鼠白玉棠被收押後，剛回到捕頭之位的展昭就加強了開封城的防備，還命四位捕快每晚在城中巡邏。

「就是呀！那隻臭貓沒花兩招，就把白玉棠束手就擒了……」馬漢揉著被彈的額頭，一臉無辜：「其他四鼠有甚麼好害怕的？」

「展大哥本領非凡，也許制服白玉棠只是易如反掌。」王朝臉色一沉：「然而，要是五鼠齊集的話，只怕他亦會**分身乏術**……」

「別忘記，我們也不是等閒之輩呀！」馬漢

拍一拍王朝肩膀，以示鼓勵。

「反正，我們誰都不要**掉以輕心**就是了。」王朝向他報以一笑，然後向著衙差們說道：「今晚就先這樣吧，我們打道回府。」

眾人**浩浩蕩蕩**，向著開封府的方向走。

「倒是你……」馬漢湊近王朝，用手肘抵向他：「怎麼展大哥前、展大哥後的……對那臭貓改觀了嗎？」

「也許展大哥對我們很嚴苛，但上次面對飛雲盜時要不是他趕至，只怕我們已經遭逢毒手。」

「那麼，我也算是你**半個恩人**呀，畢竟靠著我的腳程，才能及時把臭貓召回來。」

「別亂邀功好吧！」

兩人邊走邊聊的時候，身後的衙差們突然臉色一沉！

「王大哥、馬大哥……」其中一名衙差向前一指。

王朝馬漢往前望去，登時收起了笑容——因為，在開封府衙門前，站著一個可疑的身影。

那是個身材嬌小、一身夜行裝的少女，臉上還戴著圖案詭異的面具。

「**來者何人？**」

王朝大喝一聲，從腰間抽出鐵鏢；馬漢的柳葉刀也同時出鞘；衙差們紛紛舉刀擺出架勢，嚴陣以待。

少女緩緩轉身，摘下面具——

「幸會，民女乃徹地鼠——韓霜。」她瞇起細長的鳳眼，對王、馬二人嫣然一笑：

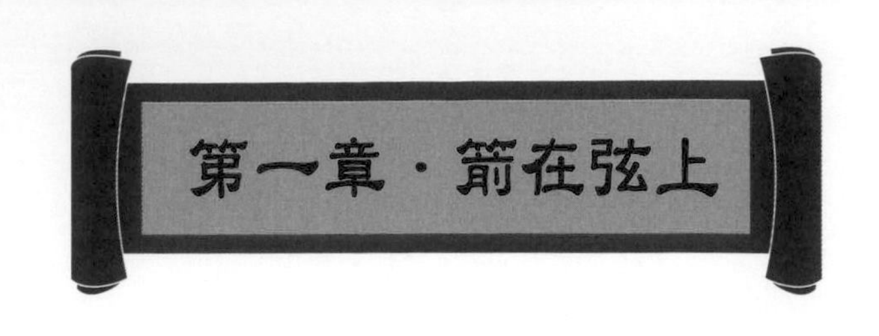

第一章・箭在弦上

青青在衙差的陪同下，拿著兩份飯菜，走進了地牢。

她的目的地，正是守備森嚴的地下牢獄。

跟門衛打了聲招呼，她就來到了其中一個囚室前，把其中一份飯菜放下。

「小姑娘，你是包拯的女兒吧？」囚室內的白玉棠——小玉向青青問道。

小玉站在囚室內，雙手交疊在胸前；月光灑在她俏麗的臉龐上，顯得格外白皙。

「**休得無禮！**」衙差向小玉罵道。

「我說，你為甚麼要親自照顧我們這些階下囚？」小玉完全沒有理會衙差的斥責，繼續問道。

青青並沒有回答，因為父親與展大哥都曾告誡過她，白玉棠擅於**操弄人心**，盡可能都不要與她對話。

青青拿著剩下的飯菜，默默走到了旁邊的囚室前，瞥了裡面的少女一眼。

她盤腿坐在地上，雙眼緊閉，似乎正在冥想。

「喂，二姐，好歹說句話吧，我快悶死了。」小玉的聲音從隔壁傳來。

韓霜睜開雙眼，與青青**四目交投**。

「不愧是開封包青天的千金，長得伶俐可愛。」韓霜對青青，以及她身旁的衙差親切地一笑：「對於**接下來要發生的事**……民女只能先向青青姑娘道歉。」

這句意有所指的話，使衙差慌了起來。

「**別……別口出狂言！**」衙差護在青青前面。

「我說，你這個小衙差才是口出狂言吧？」小玉反嗆道：「我們陷空島五鼠，向來都是言出必行的。」

青青之所以要擔起照顧這兩人的工作，無非是想了解：展大哥在外闖蕩的這些年，都是在跟些怎麼樣的人在**打交道**呢？

青青躲在衙差身後，又再望向小玉及韓霜；兩人那份危險的氣息，使她**不寒而慄**……

「白玉棠擅長迷惑、潛入，韓霜則是五鼠的智囊。」公孫策緩緩說著。

由於韓霜的投案，使開封府上下都齊集在內廳討論。

內廳掛上了五鼠的肖像，公孫策繼續逐一介紹。

「徐慶**力大無窮**、武功高強；蔣萍深諳水性、又是用毒高手；盧芳則輕功了得、又懂得易容，更是五鼠的首領。」

「五鼠一向**來去無蹤、獨斷獨行**。」包大人沉聲說：「朝廷早已頒令要把她們繩之以法。」

「我早前跟衙差調查過，七慶樓遺址處有通往城外的地道。」展昭向包大人一揖：「恐怕……韓霜就是從地道進城，躲過城衛耳目。」

「那麼相信其餘三鼠，亦已潛伏於開封城中。」包大人摸著鬍子道：「韓霜自首一舉……**事有蹊蹺**。」

展昭點點頭。

「那是營救白玉棠的計劃吧？」馬漢問道。

「她們兩人都好好的被關住了，還能弄出甚麼花樣來？」趙虎反問。

「等等，要是韓霜入牢是個計策，那麼白玉棠也是故意被擒的嗎？」王朝皺起了眉頭。

大家**你一言我一語**，都無法理出頭緒來。

「張龍，你對白玉棠的認識比較深。」包大人轉向一直沉默的張龍問：「你怎麼看？」

「我覺得小玉被擒並非故意……」張龍摸著下巴：「畢竟，要是她有心與開封府為敵的話，沒必要從飛雲盜手上拯救我。」

「總而言之，不論五鼠有甚麼計劃，現在已是箭在弦上了。」展昭向著四位捕快總結：「四位還請——」

「**砰！**」的一聲，門被轟開，打斷了展昭的話。

一名氣急敗壞的衙差闖入。

「報……報告展捕頭！穿山鼠徐慶正在城東，聚眾鬧事！」

眾人還未來得及反應，又有另一名衙差氣喘吁吁地衝了進來！

同時出現兩個一樣的報告，使展昭等人露出驚訝的表情！

「這個徐慶……會分身的嗎？」王朝忖道。

彷彿壓軸登場似的，這時又再有一名衙差步入——

「徐慶出現了，是吧？」未待他開口，展昭已搶先問道。

衙差一愣，對展昭點點頭。

然後，所有人的目光都聚焦在包大人身上——

「展昭、王朝、馬漢、張龍、趙虎……」包大人罕有地露出**凝重**的表情：「兵分三路前往調查，速去速回……」

「遵命！」四大名捕向包大人一揖，然後趕忙離開了內廳。

看著四人離開的背影，展昭卻久久未有動身。

「展護衛毋須擔憂，本官**自有分寸**。」包大人對展昭笑道。

「那麼……相信包大人已經看穿真正的徐慶在哪裡？」

包大人對著展昭，默默地點頭。

看到他這副神情，展昭強壓下內心的不安，對包大人一揖，聽令離開了府衙。

第二章・五鼠鬧東京

馬漢與張龍來到城東市集，發現此處人頭擁擠。

兩人本來就是好友，加上共事多年，早已有著**無比默契**。

只消對望一眼，張龍就明白了馬漢的意圖，於是閃身混入了人群之中，馬漢則縱身一躍跳到屋頂。

往下一看，果然見一名戴著面具，身型健碩的女性，指揮著同樣戴著面具的嘍囉們，大模斯樣在街道上走著！

百姓們聞說俠盜徐慶出現，都紛紛出來圍觀，擠得**水洩不通**。

「你就是穿山鼠徐慶吧？」馬漢居高臨下，遙指此人大喝。

面具女見狀，手一揚；嘍囉們紛紛向馬漢舉手，射出暗箭。

躲過區區幾發暗器，對馬漢來說可謂易如反掌，只見他左一翻、右一閃，箭矢全數射空——

就在此時，張龍趁著嘍囉們的注意力被引開，亦從人群中現身跳進了他們之中，**以一敵眾**打了起來！

馬漢拔出柳葉刀，再次運勁一蹬，橫越了人群落到徐慶身上，一下把她制服在地！

「開封府捕快馬漢在此，奉命把你緝拿歸案！」馬漢把柳葉刀架在她脖子上，一手扯去面具——

出乎意料的，此人並不是徐慶，只是個不知名的女人！

馬漢與張龍一愣……

甫剛來到城西，王朝與趙虎就看到同樣的情景：戴面具的女人，領著為數不少的嘍囉們，正在街上接受著百姓的注目禮。

趙虎怒吼一聲，就撲向了面具女身旁，殺她一個**措手不及**。

「趙虎，你也別太魯莽好嗎？」

王朝苦笑一下，舉起酒泉指環，發射暗器壓制著想上前攻擊趙虎的嘍囉。

趙虎與面具女拳來腳往，展開一場惡鬥。

公孫先生說徐慶武功高強那時，趙虎是嗤之以鼻的——畢竟，他一直自認為是四大名捕中最強的一位。

只是，他面前的這個女人，也未免太弱了吧？

才不到三招的功夫，趙虎就一拳把她轟得後退了數步。

「**穿山鼠徐慶，不外如是！**」

趙虎深吸一口氣，舉起拳突進到面具女面前。

她還來不及反應，面具就被趙虎的拳風一下震碎了——

面具下的臉孔，居然也**不是**徐慶！

趙虎與王朝見狀，愕然起來……

同一時間，早就到達城南的展昭，身旁遍地都是被他擊倒，不省人事的面具人。

巨闕寶劍仍未出鞘，光是**赤手空拳**，就把嘍囉們以及面具女全數制服。

雖然任務完成，可是展昭並未鬆懈下來。

因為，在包大人下令他們出擊之際，其實展昭已有點**心緒不寧**；如此輕鬆就把他們一舉成擒，反而使展昭更感不安……

「陷空島五鼠的能耐……絕對不止如此吧？」

展昭跑到面具女身旁，一手揭開她的面具——

不禁虎軀一震！

因為，面具下的那張臉孔，別說是穿山鼠徐慶了；這個女人，壓根兒就不是五鼠中的一員！

果然，他們中了五鼠**調虎離山**的詭計！

「混帳……中伏！」展昭咬牙切齒的道。

開封府的內廳。

負責通報的三位衙差，再一次來到了包大人及公孫策面前。

「報告包大人，有客來訪。」衙差低下頭，向包大人一揖。

然後，一名**昂藏七呎**、腰間掛著面具的少女，領著一群面具嘍囉走進了內廳中，對包大人及公孫策打了一下招呼。

「喂，兩位好！」這位少女，儼然就是真正的穿山鼠——徐慶！

看到這個情景，公孫策額角冒出冷汗：開封府的精銳已全數出動，光靠在場的衙差，有能力從徐慶手上保護包大人嗎？

唯今之計，只能拖延時間，待展昭及四大名捕回來……

「你想必就是徐慶姑娘吧？」公孫策對少女道。

「沒錯，這位官老爺就是包拯嗎？」徐慶豪邁地一笑。

公孫策指向徐慶怒斥。

「隻身？我才不是自己一個來到的呢！」

聞言，公孫策一驚；難道她還有其他同黨在嗎？

然而，包大人的下一句話，使公孫策震驚不已——

「要是本官沒有推斷錯誤的話……」包大人對著其中一名衙差笑道：「你就是盧芳吧？」

她從腰間拔出一雙泛著紫光的軟劍，抬頭露出了俏麗的臉孔；身旁的另外兩個衙差，亦從衣襟中掏出面具戴上。

「素聞包拯包大人**明察秋毫**，今日一會，果然名不虛傳。」盧芳彎腰請安：「奴家正是鑽天鼠——盧芳。」

「兩位姑娘大駕光臨敝府，所為何事？」包大人不慌不忙地問道。

盧芳走到包大人面前，輕輕摘下他的烏紗，戴到自己頭上。

「府衙暫時由奴家接收了，兩位煩請先到囚室**屈就**一下。」盧芳對包大人輕輕一笑。

「說甚麼**分身術**！這根本就只是個冒牌貨！」趙虎恨得牙癢癢的道。

「你先冷靜一點，這恐怕是五鼠的計謀。」倒是王朝比他冷靜：「我們先全速趕回開封府，待衙差處理善後工作。」

「哼！甚麼陷空島五鼠，還不是畏首畏尾，不敢與我們正面交鋒！」對於被假冒的徐慶所騙，趙虎這口氣仍未能嚥下去。

「請息怒。」一個少女的聲音忽然響起。

兩人回頭，又與一名穿著白衣、手持鐵扇的少女，打了個照面。

少女看起來**文質彬彬**，身後站著的那群嘍囉，卻是殺氣騰騰。

「三姐正在拜訪你們包大人呢！」她一邊不慌不忙的微笑著，一邊取下腰間別 著的面具戴上：「要不萍兒先跟兩位差大哥交交手？」

翻江鼠蔣萍，居然在這個時刻出現！

天

第三章・翻江鼠的幻術

面對突然出現的蔣萍，王朝與趙虎正想動手。

蔣萍從容不迫，手輕輕一晃，把彈丸丟到地上。

「砰」的一聲，**煙霧彌漫**，把兩人嗆得咳嗽連連。

「喂！你這臭老鼠可別借機逃跑！」趙虎聲如洪鐘的吼道。

「萍兒才不會呢！倒是兩位可別害怕呀！」蔣萍甜美的聲線再次傳來。

「**先突圍再說。**」王朝深明留在煙霧中、視野不清的危機，因此領著趙虎一下衝到了煙霧外——

然後，被眼前的景象嚇倒了！

他們周遭變成了一片無盡的黑暗。

蔣萍懸浮在半空，面具下的雙眼泛著藍光。

「順帶一提，會分身術的其實不是三姐……」蔣萍向王、趙兩人輕眨眼睛：「而是萍兒啊。」

「說甚麼鬼話！」王朝大喝一聲，向蔣萍射出暗器！

蔣萍彎身躲過，暗器射失，消失在她身後一片漆黑的虛空中。

「失敬了！」她舉起手上的鐵扇，輕輕一揚——

然後，她身後不斷幻化出分身，把王朝及趙虎兩人團團圍住。

王朝跟趙虎被嚇得不輕。

「這到底是哪門子的妖術？」趙虎吼道。

王朝一臉霧裡雲裡，只能與趙虎背靠背站著，擺出備戰架式。

只是，包圍著他們的數十個蔣萍，不知道哪個是真身、哪個是幻象；別說進攻了，他們就連怎麼防守，也**茫無頭緒**。

其中四個幻象突然舉起鐵扇，一下突進襲向兩人！

王朝跟趙虎以一敵二，勉強把四人擊倒。

蔣萍可沒有讓捕快們有半刻喘息的空間，她再次揚起鐵扇，幻象們再一次向著兩人蜂擁而上！

「你還可以吧？」王朝問道。

「我可是開封府最強捕快！別小看我！」趙虎笑著回答。

兩人深明這將會是一場沒完沒了的惡鬥，只能**咬緊牙關，見招拆招**……

在盧芳與徐慶的指揮下，嘍囉將雙手被綁的包大人與公孫策押到地下牢獄。

迎接他們的，是已經離開了囚室的韓霜及小玉。

包大人驚覺這裡的衙差，都已經全數被擊倒，關進了同一個囚室之中。

「三姐！」小玉看到徐慶，立即活蹦亂跳地跑到她面前。

「**小鬼頭！**」徐慶疼惜地揉著小玉的頭：「在這裡沒吃苦頭吧？」

「沒有，那個小姑娘把我照顧得挺好的。」

小玉指向她身後的一個囚室，裡面赫然就是一臉呆滯的青青！

「青青，你還好嗎？」看到女兒被關在牢籠裡，包大人連忙向她問道。

青青望向父親，強忍住淚水，向他點點頭。

「稍安勿躁呢，這囚室是安排給你們父女的。」盧芳禮貌地向包大人說道。

「包大人，得罪了。」韓霜從頭上抽出髮簪，輕而易舉地打開了鎖，示意包大人進去。

包大人走進囚室，緊張萬分地把青青抱入懷中。

囚室外，四鼠齊集。

「霜兒，你的調虎離山計成功了。」盧芳對韓霜道：「要帶到**無憂洞**的東西，都找到了嗎？」

「還未，可是我已經知道它們在開封府的哪處了。」

「立即把東西找出來，不要延誤。」

韓霜朝盧芳點點頭，**一陣風**似的跑走了。

「四姐呢？」小玉插嘴問道。

盧芳把視線瞥向徐慶及小玉。

「萍兒正在拖延捕快們，但她畢竟以寡敵眾，相信御貓跟捕快們應該很快就能突圍。」盧芳指向公孫策：「我們先把公孫先生交還給御貓，然後立即領人馬鎮守開封府，決不能讓他們步入府衙半步。」

徐慶從腰間抽出了一把純銀的九節鞭，交到小玉手上；三人領著嘍囉、揪著公孫策，亦急步離開了牢獄。

身陷囹圄的包大人，默默地把這一切都看在眼內……

面對幻象們排山倒海的圍剿，王朝與趙虎雖然毫髮未傷，卻早已**筋疲力竭**。

如此密集的攻勢，王朝深知他們終會無法抵擋，現在與苟延殘喘無異。

這時，他心生一計——

「**趙虎！起！**」王朝向天一指，對趙虎大喝！

趙虎意會，立即抓住了王朝衣襟，使盡九牛二虎之力，把他拋到半空之中。

王朝一下華麗轉身，向著四面八方射出暗器！

朝著他們突進的幻象們始料未及，紛紛中鏢倒下，趙虎見狀緊握拳頭，把**漏網之魚**逐一收拾掉。

終於，眼前的蔣萍分身，幾乎都已悉數倒下，只剩最後一個。

「就只剩你了！」趙虎喘著氣，遙指依然屹立的那個蔣萍。

「來吧，我們先滅掉一鼠！」王朝亦抖擻精神。

「**聞名不如見面**，萍兒領教了。」蔣萍又從衣襟中掏出一顆彈丸，拋到王朝跟趙虎之間，煙霧倏地冒出！

王朝跟趙虎奮不顧身地衝到煙霧外——

蔣萍的身影已消失不見。

而四周的黑暗亦忽然散去，街道及房子再次出現在兩人眼前，環顧四周，遍地都是不省人事的嘍囉。

這時，趙虎才驚覺：剛才擊倒的幻象，原來並非蔣萍的分身，只是她帶來的那群惡徒！

「**嘖！臭老鼠跑得真快！**」趙虎一臉不服氣：「我們盡快趕回開封府吧！」

王朝一言不發，而是蹲到其中一個嘍囉身旁，摘去了她的面具，拿在手上仔細查看。

接著，他露出恍然大悟的表情……

「把這個帶上吧。」王朝把面具遞給趙虎。

「都甚麼時候了？別玩面具好嗎？」

「不！如果我沒有猜錯的話……」王朝又摘下另一個面具，別到自己腰間：「我好像知道破解幻象的方法了。」

趙虎半信半疑地望著王朝，最終還是接過了面具……

第四章・開封淪陷

展昭回到開封府門前，碰巧遇到了同樣趕回來的馬漢及張龍。

「你們那邊的徐慶……是**冒牌貨**嗎？」展昭連忙問道。

馬漢點點頭。

「王朝他們呢？」張龍見兩名同僚的身影仍未出現，四處張望問道。

「他們兩人合力，該不會遇到甚麼危險。」展昭把凌厲的目光投向開封府：「當務之急，先回到包大人身旁，確保他的安全。」

展昭**一馬當先**，帶領著馬漢及張龍走向府衙大門時——

「轟」的一聲巨響，一個龐然大物從天而降，落到了展昭面前！

那是一手握著大錘，另一手抓著公孫策，
貨真價實的徐慶；小玉騎在她肩上
一臉得威的笑容！
「臭貓！我不是說過
改天再戰嗎？」小玉指著
展昭挑釁道。

「小玉！念在當日**救命之恩**……要是你們現在投降，相信包大人尚可格外開恩！」張龍衝口而出。

然而，小玉只是翻著筋斗跳到地上，豎起食指輕輕搖著，回絕了張龍的建議。

「別說格外開恩了！包拯現在自己也是自身難保！」徐慶輕蔑一笑，把公孫策放到地上：「這位公子倒是可以先還給你們！」

護主心切的展昭倒也沒說甚麼，而是登時拔出了**巨闕寶劍**，化成一陣銀光，迅猛地刺向徐慶及小玉！

徐慶跟小玉同時還擊：沉重的大鐵錘、靈巧的九節鞭，同時亂舞起來！

兩人合力的一擊，強如展昭亦不敢硬碰。

徐慶的招式看似緩慢笨拙，但大鍾每下打擊，都在堅固的石板地上打出一個又一個的窟窿。

而小玉的招式敏捷靈巧，剛好封住了展昭可以乘虛而入的破綻。

這使得展昭只能邊戰邊退；反觀沒有後顧之憂的徐慶，輕鬆地揮舞著沉甸甸的大錘，不斷乘勝追擊殺向展昭——

「**展大哥，小心！**」馬漢與張龍來到展昭兩旁，三人合力擋住了兩鼠的招式。

「別**孤軍作戰**！我們都是開封府的一員！」張龍對展昭道。

「對！我就不相信合我們三人之力，打不過這兩個鼠竊狗偷之輩！」馬漢自信滿滿，拔出了柳葉刀。

「也許御貓跟兩位捕快武功蓋世，可是……加上奴家以及這群小伙子，以寡敵眾的你們還有這個自信嗎？」

手持雙劍的盧芳，在這時領著一批嘍囉，趾高氣揚地從府衙內步出！

援軍來到，徐慶再次掄起大錘，小玉揮舞著九節鞭，氣焰更甚。

以寡敵眾的展昭、張龍及馬漢見狀，不但毫無退意，反而準備再次迎戰。

一陣沙塵從兩派陣營間飄過。

山雨欲來。

盧芳雙劍回鞘，踏前一步。

「大家都稍安勿躁。」她向著自己的妹妹、以及開封府的眾人道：「我們不是來打架，是來談一宗交易的。」

「展某與姑娘話不投機，並沒有甚麼可以談的。」展昭也垂下了劍：

「立即釋放包大人。」

「正有此意。」盧芳向展昭一笑：「御貓只消奉上**十萬兩銀**，奴家自當會把包大人連開封府一併歸還。」

十萬兩銀——

那是足以建立一支軍隊的鉅款！

展昭等人一聽，無不當場愣住！

「奴家在此先叮囑你們一句……」盧芳遙指展昭：「要是在十二個時辰後都未能準備好贖金，又或者你們嘗試闖入府衙……我們可不能保證包大人父女的安全呀。」

話畢，盧芳**輕輕一翻**，跳到了高聳的圍牆上面。

「對了，這次與五鼠同行的，盡是道上的不法之徒；如今在開封城內四散，恐怕會危害到百姓們。」盧芳**居高臨下**的，向展昭深深鞠了一躬：「有勞幾位差大哥在外協助平亂了。」

徐慶、小玉以及嘍囉們亦一一後退，躲回了開封府之中。

一切再次回歸平靜，除了地上被徐慶大鍾轟出的窟窿外，完全看不出剛才曾發生過一場激鬥。

展昭發現，馬漢與張龍，甚至公孫策都望向自己，靜候著他的指令。

展昭上前扶起公孫策，替他鬆綁。

「馬漢，你全速找回王朝及趙虎，聚集仍在於城內各處巡邏的衙差，掃蕩五鼠餘黨，以免開封陷入混亂。」他開始向著眾人下令：「張龍保護公孫先生……我會易容成嘍囉潛入開封府，設法營救包大人及青青。」

馬漢及張龍**不敢怠慢**，立即一揖聽令！

「恐防計劃失敗，我們有甚麼三長兩短……」展昭一頓，然後恭敬地轉向公孫策：「贖金雖然如此龐大，但亦有勞公孫先生設法向朝廷張羅。」

「為了包大人，我亦當盡力而為。」公孫策向展昭點點頭。

「大家謹記……」展昭頓了一頓，向著他們叮囑：「惡徒們都換上了衙差服……除了我們幾個之外，**其他人都不能信任**……」

聽到這一點，眾人心情沉重起來，默然對展昭點點頭。

馬漢運起輕功，身影沒入在夜空中；公孫策亦領著張龍，離開了開封府衙的範圍。

展昭深深吸了一口氣，來到府衙旁的一棟房子屋頂，窺視著裡面的動靜。

平日他們練功、嬉戲的後花園及走廊，現在聚滿了穿著衙差服的面具嘍囉。

看來，盧芳的佈防相當嚴密。

「包大人、青青……」展昭不禁替兩人感到擔憂。

開封府**群龍無首**，自己霎時間成了眾人的支柱，其實他也是心亂如麻。

但是，他不想再次失去對自己重要的人了……

看到一名落單、正在後園角落躲懶的嘍囉，展昭立即提勁一躍，跳進了府衙之中……

第五章·救包十二時辰

嘍囉還未察覺到甚麼情況時，已被展昭一下擊暈，拖進了灌木叢中。

不消半晌，他就把嘍囉五花大綁，換上了他的服裝，又用布條將巨闕寶劍包了起來。

盧芳要求十二個時辰內收到十萬兩銀贖金，否則會對包大人父女不利。

老實說，展昭認為公孫策要在如此短的時間內張羅鉅款，實在不容樂觀；只不過往好的一方面看，他至少有十二個時辰伺機而動。

當務之急，當然是要找出包大人被困在哪。

展昭抖擻一下精神，戴上面具，裝作無事回到了後園中。

才沒走數步，他就遇上一隊四人的面具嘍囉了。

展昭警誡起來，手放到劍柄上；要是自己這身喬裝被看破，就只能**拚死一戰**……

「你又躲懶去了？」當中一個面具人呼喝道，看來他是這數個人的賊頭。

還好，展昭只是被當成了其中一個同黨而已。

「抱……抱歉……」深怕聲音被認出，他壓低聲線。

「韓霜那小妮子，剛剛找到包拯的藏寶室！」賊頭對展昭及另外三人呼喝道。

嘍囉們紛紛喝采吶喊。

展昭只能跟著起哄，同時心忖：所謂**藏寶室**，想必是包大人存放古董書畫的書齋吧？

「我們快趕過去，不然寶貝都要被順走了！」賊頭一聲令下，立即領著眾人沿走廊跑過去。

果不其然，他們來到了書齋，這裡擠滿了不法之徒，彼此爭奪著包大人的珍寶。

這裡本應是包大人與他們**主持正義**之地，現在卻聚了一批人在幹著如此目無法紀之事，使展昭感到一陣違和感。

而且，本應是幕後黑手的五鼠，全員都不在這裡。

「喂！那個骨瓷是我的！」呼喝聲打斷了展昭的思緒。

一個高壯的面具人，指向另一個高瘦的面具人罵道。

「***先到先得！***」高瘦面具人緊抱著懷中的瓷花瓶，拔出了刀，似乎要與高壯面具人開打。

書齋一角，數個五短身材的竊賊，正在肆無忌憚地翻著抽屜，弄得一團亂。

另一角落，又有數個面具人為爭奪一張先皇御賜的墨寶，在地上扭打成一團，撞倒了櫃子，書卷及文房四寶散滿一地……

眼見這裡被弄得像市集一樣喧鬧不堪、烏煙瘴氣，展昭實在不忍卒睹，要不是顧慮包大人的安危，實在恨不得立即把他們一網成擒！

他走到一個獐頭鼠目的男人身邊，發現他手上拿著珠寶，眼睛卻依然貪得無厭地四處張望。

「老兄！你們這樣無的放矢亂找一通……」展昭裝出漫不經心，向男人搭話：「不怕被包拯問罪嗎？」

「我就只怕展昭那個臭小子！包拯是個光會斷案的書生，有甚麼好怕？」男人聽到包大人的名字，**嗤之以鼻**：「而且，那狗官被關到牢獄去，都不知道還能不能活過今晚呢！」

「五鼠要拿包拯來換贖金，該不會對他幹點甚麼吧？」

「先別說那**狗官**了！你這是甚麼好東西？」男人忽然把目光移到展昭腰間的巨闕寶劍，垂涎三尺！

「與你無關，這是我的佩劍。」展昭隨口敷衍道。

「話不能這樣說……」男人從腰間拔出匕首，以威脅的語氣道：「正所謂寶劍贈英雄，老子勸你——」

男人話還未說完，展昭就倏地運勁，用劍柄把他打得不省人事！

展昭取走了男人手中的珠寶，本想放回身旁的櫃子裡；但為免半刻後又被其他賊人摸走，他唯有放入了自己懷中。

「都拿到寶貝了嗎？**我們撤吧！**」賊頭與他的三個小弟，都抱著滿懷的珠寶及名畫，正在催促著展昭離開。

展昭點點頭，跟著他們步出了書齋。

已經確定了包大人的所在，下一步，就是弄清五鼠究竟還有甚麼**陰謀詭計**……

到達城西的馬漢，不消半刻就找到了王朝及趙虎。

兩人似乎找回了一批在外巡邏的衙差，正在指使著他們把地上的嘍囉們綁起。

發現兩人並沒大礙，馬漢才略為輕鬆了一點。

「你們也太**不濟**了吧？一個冒牌徐慶居然纏上了你們這麼久？」他露出笑容，向兩人調侃道。

「我們剛剛跟翻江鼠大戰了一場！要是換上你小子的話，應該早就不支倒下了！」趙虎看上去雖然有點累，但中氣仍然十足。

「先別說這個，馬漢你怎麼來了？」王朝皺起眉頭：「徐慶出現是個誤報，這可能是五鼠的計策。」

聞言，馬漢臉色一沉……

「**這個……其餘四鼠已經佔領了府衙、劫持著包大人……**」

王朝與趙虎聞之色變！

「我們還是全速趕回去吧！」王朝緊張起來。

「看我把真正的徐慶揍扁！」趙虎磨拳擦掌，一臉怒容。

「展大哥已在設法營救包大人……」馬漢立即向兩人解釋：「按他的指示，我們要盡快在城內各處平亂！」

「但是——」

趙虎想**出口反駁**，卻被王朝的話打斷。

「要是放任五鼠的黨羽，恐怕會危害到百姓；而且翻江鼠仍在城內潛伏著……」王朝托著下巴，**若有所思**：「我們還是按展大哥所言，先把城內的賊黨擒住吧！」

既然頭腦最冷靜的王朝都如是說，趙虎也不再提出異議。

三人對望一眼，都明白拯救包大人的重任，只能暫時落在展昭肩上了……

第六章・五鼠的計謀

賊頭領著展昭及三個嘍囉，在開封府內亂竄，展昭完全不知道他有何目的。

「大哥，我們還要找些甚麼嗎？」展昭裝作**陰陽怪氣**的聲音，向賊頭試探道。

「韓霜說寶物都在書齋！可是，你剛才有看到那幾個姑娘在嗎？五鼠可是**天下聞名**的盜賊……」賊頭豎起指頭：「她們不在場的原因只有一個……」

他賣關子一頓，故作聰明地望向眼前的小弟。

「……開封府內尚有其他更珍貴的寶物！」賊頭翹起雙手，說得頭頭是道：「我們要找的，就是她們幾個！不然其他財寶……都會被那幾個小妮子獨吞！」

小弟們紛紛向賊頭拍手叫好，弄得他滿臉飄飄然。

「我剛有聽其他人提過，那幾個丫頭都躲到了府衙地牢的某個密室。」其中一個小弟舉起手道，一副想要**邀功**的模樣。

府衙地牢……展昭心忖那不正是包大人的所在地嗎？

「那密室就是寶物所在地！我們走！」賊頭舉起刀，領頭起行。

展昭跟在他們身後走著，倒是大惑不解……

他本以為五鼠此行，只為了拯救被自己逮住的五妹白玉棠；乘勢挾持開封府向朝廷勒索，雖與她們一向的行事手法有異，但勉強還說得過去。

然而包大人向來以清廉見稱，書齋內的所謂財寶，亦只是多年來各方好友贈予他的一些珍藏。

五鼠如此**勞師動眾**洗劫府衙，想必是個得不償失、穩賠的交易吧？

展昭思考著這個問題的同時，一眾賊人已來到了目的地。

賊頭一馬當先，**三步併作兩步**，走進了地牢內，來到一道門前一下蹬開，闖了進去。

展昭生怕被五鼠認出，唯有躲在門後偷看……

果然，盧芳翹起了腿坐在房間中央，指揮若定；韓霜、徐慶跟小玉都在忙著東翻西找。

「幾位姑娘也太小覷人了吧？」他一臉不爽地罵道：「把我們大伙兒都引到別處，自己卻在這裡獨吞寶物？」

「我說，你在講甚麼傻話？」捧著大疊書的小玉望向賊頭，一臉**哭笑不得**。

其實，展昭來到此地之後，亦完全搞不懂情況。

因為，賊頭口中藏著更多的寶物的那個「密室」，居然是包大人那個位於地牢的藏經閣！

「幾位姑娘，大家都是道上的人，就**打開天窗說亮話**吧！」

「大哥言重了，我們不是同一道上的。」盧芳**皮笑肉不笑**的道：「我們雖是盜賊，卻有著底線，與無所不為的你們差遠了。」

小玉語氣亦相當不滿。

「你們可是陷空島五鼠呀，怎麼可能會入寶山，空手而還？」

「奴家保證，這裡沒有幾位感興趣的財物。」盧芳瞥向他們四人，冷冷的道。

賊頭與小弟們一同拔出了刀，劍拔弩張。

四鼠只是淡淡一笑，完全沒把他們放在眼內。

「敬酒不吃吃罰酒……」賊頭感到被戲弄了，怒得**青筋暴現**：「兄弟們！先把她們幹掉，然後把這裡搜個一乾二淨！」

「幾位先生，得罪了。」看到這幾個冥頑不靈的莽夫，韓霜溫柔地一笑。

然後，數顆鐵蒺藜從她手中激射而出！

「嗚呀！」幾個賊人閃避不及，雙膝被打中，痛得直跪在地上！

「**男兒膝下有黃金**，知錯就好，用不著這麼講禮節。」嘴巴不饒人的小玉呵呵地笑著。

「臭丫頭！」賊頭額角冒著冷汗，正想反嗆之際——

徐慶衝到賊頭面前，一手揪起他的衣襟，用力往門外一甩！

這麼一個大男人，被徐慶拋得逕直撞開了門，像個**破娃娃**一樣躺在外面地上昏死過去！

「老娘沒甚麼耐性，還有誰要礙著我們辦事嗎？」她雙手撐腰，語帶威脅地對餘下的小弟說。

小弟們見賊頭都抵不過徐慶一招，還哪敢多言？

剛才的氣勢**一消而散**，立即一拐一拐地，爭先恐後離開藏卷室。

「礙事的傢伙都跑掉了，繼續幹活。」盧芳邊向妹妹們說，邊走向大門處。

這時，她剛好察覺到躲在門外的展昭，兩人**四目交投**……

還好她似乎沒把展昭認出，只是睥了他一眼，就把門關上了。

第七章．俠盜與強盜

王朝、馬漢與趙虎交代好衙差留守此地後，就立即**重新整頓**。

「我們趕快動身吧。」趙虎指向遠處：「你看那邊。」

沿著趙虎所指方向望去，可見一排煙霧彌漫的民宅。

「失火了嗎？」馬漢問道。

「不見天上映出**熊熊的火光**，那煙霧……恐怕是翻江鼠的所為。」

王朝從一個嘍囉臉上又摘下了面具，遞給馬漢。

「這是要我易容混入他們當中嗎？」馬漢疑惑起來。

「這面具內有夾層。」王朝把玩著手上的面具道：「要是我沒猜錯的話，應該能防住她的迷煙。」

「哦！難怪剛才我們會看到如此奇怪的幻象！」趙虎登時明白了。

三人來到煙霧最濃密的地方，一同戴上了面具。

甫剛穿過**白茫茫**的煙霧，就看到一片無法無天的情景……

放出迷煙的竟然不是翻江鼠，而是戴著面具

的賊人們！

只見這群惡徒不斷把彈丸丟到民居中，使百姓們驚叫著到處亂逃，也不知道是看到了甚麼恐怖的幻象！

賊人不斷闖入民居，把百姓們的**民脂民膏**都洗劫一空。

三位捕快看到如此一幕，立即摘下面具，上前制止他們的暴行！

「說甚麼俠盜五鼠！如此這般的行為，算甚麼俠嘛！」趙虎**義憤填膺**起來，雙掌齊出，打倒了兩個想衝前襲擊自己的賊人。

「翻江鼠應該就在附近，擒賊先擒王，先把她找出來。」王朝放著暗器擊倒想逃跑的賊匪，同時向馬漢示意。

馬漢踩到趙虎肩上當作跳板，一下彈到了半空之中，四處掃視——

他發現了一個手持鐵扇、正在被賊人重重包圍著的少女身影。

「**翻江鼠在那邊！**」馬漢指向蔣萍所在的方向大喝：「只是她身邊有不少嘍囉護著！」

「誰怕誰！」趙虎大吼一聲，又再撞飛一個賊人，狂奔向那邊；王朝亦緊隨在他身後。

來到蔣萍所在之處，三人再次反應不過來……

「怎麼回事？」馬漢不禁一愣。

因為，圍在她身邊的嘍囉們並不是在保護她，而是揮著武器，向她步步進逼！

王朝留意到，蔣萍原來正在護著躲在她身後，一臉驚慌的兩個小孩。

「萍兒的法術，可不是給你們這些傢伙用來殘害平民的。」蔣萍手上的鐵扇一收一放，不斷抵擋著攻過來的兇徒！

她身上的傷不輕，但完全沒有撇下小孩逃跑的意思。

「裝甚麼裝！你們五個臭丫頭不也是賊嗎？」一個大漢揮舞著大刀，**殺氣騰騰**地迎頭劈向蔣萍！

王朝立即發射暗器，打歪了這致命的一刀；刀尖以毫釐之差，掠過蔣萍的額角。

「她們縱使是賊，也懂得保護弱小；倒是你們別以為恃著人多，就能**為所欲為**。」王朝對一眾賊人斥道。

「以多欺小，對手還是個小姑娘，算甚麼男人！」趙虎看不過眼，也怒罵了起來。

看到開封名捕居然對自己伸出援手，即使身陷絕境，蔣萍也不禁失笑……

幾位差大哥，方才不是說要把萍兒滅掉嗎？

看在那兩個小孩的份上，我們可以暫時停戰。

「我要以捕快的身份把你繩之於法，怎能讓你栽在這些鼠輩手上？」趙虎再次當起**開路先鋒**，擋在王朝跟馬漢身前，殺到了她身邊。

久戰力疲的捕快，加上孤立無援的俠盜，為了捍衛弱小，都發揮出無比的意志；反之對方人數雖多，終究只是**唯利是圖**的烏合之眾，不消半刻就落入下風。

迷煙開始漸漸散去，賊人們亦四散逃走。

接連不斷的戰鬥，強如王朝及趙虎等人，亦終於累得坐倒在地。

蔣萍雖已**遍體鱗傷**，倒仍有閒暇查看兩個小孩；看到他們只是受驚，沒有受傷，頓時放下心頭大石。

「幸得幾位所救，不然萍兒後果不堪設想。」她轉身向著三位捕快行了一禮。

「你們幾個聚眾襲擊開封，卻無法駕馭這群**江湖人士**……」王朝對她說道：「這回算是引火自焚了嗎？」

「差大哥準是誤會甚麼了，那些破壞搶劫的惡人，並不是由我們主使的。」蔣萍回答：「相反，大姐讓萍兒留在開封城內，就是為了好好壓制他們的暴行。」

「很抱歉，不論你如何開脫，五鼠都是一切事件的**元兇**。」馬漢上前抓住了她的肩膀：「這次你跑不掉了吧？」

蔣萍脫下面具，對馬漢展露出一個甜甜的笑容：「萍兒也差不多要回去找姐姐們了。」

一下**金蟬脫殼**，馬漢手上只剩下她的披風！

「幾位差大哥稍事歇息吧，開封的安危在此交還給你們！」

蔣萍兩手一揚，化成一陣煙霞，就這樣消失了！

「可惡……差點就能擒下一鼠了。」眼見蔣萍再一次逃掉，趙虎有點不甘心。

王朝露出一臉沉思的模樣……

「你怎麼了？」馬漢走近王朝問道。

「按剛才蔣萍所說，盧芳派她在城內壓制賊匪……」王朝皺起眉頭望向馬漢：「那究竟是甚麼意思呢？」

「蔣萍雖然從盜賊手上拯救平民，但她本來就是一丘之貉，那想必只是個詭辯而已。」馬漢答道。

王朝搖搖頭。

「以她的本領，要從精疲力盡的我們手中逃脫，絕非難事。既然如此，沒必要在這個節骨眼上，向我們撒謊。」

他的這番話，使馬漢及趙虎都不期然開始思考。

幾個**氣急敗壞**的衙差跑過，打斷了他們的思緒……

「王……王大哥！一群賊黨正在圍攻銀號！我們正在前往解圍！」

王朝收拾心情，站了起來，拍走身上的灰塵。

「複雜的事情容後再談，先解決面前的**危機**吧。」

話畢，他與馬漢、趙虎一同跟上了衙差，前往剿滅賊黨……

第八章・逃出府衙

小弟們抬著昏迷不省的賊頭，離開了地牢，**狼狽不堪**的在開封府內一個無人的角落躲著。

終於，賊頭甦醒了過來，摸著頭上被撞得腫起的大包，一臉茫然。

「大哥！你還好嗎？」其中一個小弟關切慰問。

賊頭搖頭晃腦清醒一下，強裝堅強地點點頭。

「大……大哥……御貓跟捕快們……都在府衙外埋伏，我們……我們要怎麼撤離？」其中一個小弟**戰戰兢兢**地問道。

沒想到，賊頭舉起拳頭，狠狠地想叩向他的頭！

「外面一片混亂！」隊長惡形惡相的怒罵：「我們隨便換套服裝，混在平民之中就好了！」

「但……但是……」

「兄弟們，毋須擔心。」展昭拔劍道：「因為你們都逃不掉了。」

看到他手上的巨闕寶劍，賊頭馬上發現這位一直緊隨身旁的小弟，居然就是讓自己聞風喪膽的御貓！

一眾賊人還未來得及驚訝，就已經被展昭迅雷不及掩耳的攻擊打倒了！

展昭把他們藏到暗處後，再次遙望地牢的那邊。

「包大人……」他**喃喃自語**起來……

只要先確保包大人安全，他就可以專心掃蕩這裡的賊寇。

為免驚動在藏經閣的五鼠，展昭彎身潛行，不動聲色的來到了牢獄中，尋找著包大人。

終於，在一個囚室中，發現了包大人與青青的身影！

「包大人……展某**姍姍來遲**，實在萬分抱歉……」

展昭從牆上拿起掛著的鑰匙串，打開了囚室的門鎖。

「展大哥！」看到前來營救的展昭，青青喜極而泣，撲到他的懷中。

展昭也放下**心頭大石**，疼愛地摸著青青的頭。

「府衙中佈滿不法之
徒，我先掩護包大
人及青青逃出。」

「外面情況如何？」包大人向展昭問道。

展昭簡言地交代了五鼠要求贖金一事，以及一眾賊黨正在洗劫府衙的慘狀。

「我已交代王朝他們在城內平亂，只要包大人到達安全地點，展某了無牽掛，自當盡力奪回府衙！」

「可是，按本官推測，五鼠打算帶同財寶，經由無憂洞逃出開封。」包大人說出了自己的推論。

展昭本來覺得這想法**異想天開**，但細細考量下又覺得不無道理。

無憂洞，就是開封城地底的排水通道，四通八達。這個由前朝**修繕**的地下系統，荒廢多年，鮮有人知道它的確實位置。

作為不動聲色的逃跑路線，實在適合不過。

既然五鼠並不會顧及其他賊黨，自然要找個秘密的撤退點，讓她們五人全身而退；徹地鼠韓霜**自投羅網**，也想必是為了在這個地下牢獄，挖出通往無憂洞的地道。

包大人緩緩站起，走到囚室門前，把門關上了！

「展護衛先帶青青撤，本官尚未能離開。」

「包大人！**此地不宜久留**！」展昭聽得傻了眼：「要是真的如你所說，這裡是五鼠的必經之路，當他們發現青青已被救出，恐防會對包大人……」

包大人堅定地說：「而且……本官正想找個機會與她們見面。」

「爹！安全要緊！」青青不由自主的激動起來。

倒是展昭看到包大人這副表情，知道他主意已決，自己想必無法把他說服。

「展某明白了……」展昭向包大人一揖。

青青依然一臉**依依不捨**的看著包大人。

展昭牽著她的手離開，青青卻一直想把他往回拉。

「*展大哥！爹為甚麼不肯逃出？*」青青眼裡含著淚，向展昭問道。

「包大人必定有他的理由。」展昭其實也不曉得包大人的盤算，只是相信他的判斷：「青青放心，我把你交托給在外的張龍後，就會立即回來確保他的安全。」

青青對展昭點點頭，兩人一同走向牢獄的出口。

可是，展昭甫剛推開門，就知道情況不妙了——

「剛才大姐叫我跟蹤那個**形跡可疑**的人……我可沒想過竟然是你呢！」

在門後等待著他的，原來是徐慶！展昭深明一戰在所難免……

回想起徐慶的招式狠重卻緩慢，還好這裡的敵人，就只有她一個……

展昭決定**賭上一把**！

以快打慢，**二話不說**，巨闕寶劍出鞘，直取徐慶！

「快跑！」同時向青青喊道！

徐慶知道展昭決定捨身纏上自己，好讓青青逃脫；奈何面對展昭的攻勢，她只能掄起大錘硬碰，眼巴巴看著青青跑掉……

劍在錘上劈出一道砍痕！

「不愧是御貓！」

徐慶運勁握住大錘，使盡全身力量旋轉著打向展昭！

展昭倏地收劍擋格，卻依然被徐慶這全力的一擊，轟到了半空中！

他一下轉身著地，還好並未受傷。

徐慶的動作沒有停下來，她以尤勝趙虎的蠻力，單手掄起大錘，把這沉重之物有如飛鏢一樣，脫手丟向展昭！

展昭往旁翻滾避過；大錘「轟」的一聲擊中牆壁，深深地陷了進去！

才剛躲過這致命一擊，展昭發現赤手空拳的徐慶，已經向著自己突進過來……

徐慶縱使武功再好，畢竟是個女子；俠義心腸的展昭不想對**手無寸鐵**的她刀劍相向，因此收劍入鞘，與徐慶拳來腳往交著手。

　　徐慶不再受到大錘的重量束縛後，展昭才發現她的招式變得既快且狠！

　　「徐姑娘**天生神力**，本領高強……要是效忠朝廷，定能有一番作為。」展昭嘆道：「何苦流落江湖，與官府為敵，更犯下**彌天大罪**？」

「正如你所說嘛，人在江湖，身不由己！」

徐慶苦笑一下：「既然**你是兵，我是賊**，只管戰個痛快就好！」

事有**輕重緩急**之分，展昭決定擺脫徐慶，先行護送青青離開。

「展某還有要事在身，請恕我無法奉陪！」

話畢，他就從地上摸起兩塊石頭，權充暗器彈出，抑制住徐慶的動作，然後全速離開了這個戰局……

徐慶從牆上拔出大錘，正要追趕上去──

「慶兒，毋須節外生枝。」

藏經閣的門打開，盧芳喝停了徐慶。

她這才停下手，識英雄重英雄的，望著展昭遠去的背影。

展昭帶著青青，從後門逃到了府衙外面，才發現情況已開始受到控制。

幸好他這段時間，加強了城內的佈防。假徐慶的突襲、賊匪的空群而出，雖然造成了規模不小的混亂；但在王朝他們的努力下，衙差們已重整旗鼓，逐一把城內的賊人擒住，漸漸恢復秩序。

王朝、馬漢及趙虎，剛好帶著一隊衙差回到府衙前方；看到脫離險境的青青，三人頓時鬆了一口氣。

「保護好青青。」展昭把青青交托給衙差們。

「包大人呢？」王朝著急地問道。

「仍在裡面……他認為五鼠並不會傷害他，只是展某並不放心讓包大人獨自面對五位盜賊。」展昭向三人下令：「你們**兵分三路**，聚集城內所有剩餘人力，鎮守開封府外圍，把逃出的惡人一網打盡！」

這時，一陣吵鬧聲傳來，蓋過了他的聲音。

原來，張龍與公孫策跟著一隊禁軍，**氣勢浩蕩**地回到府衙前方！

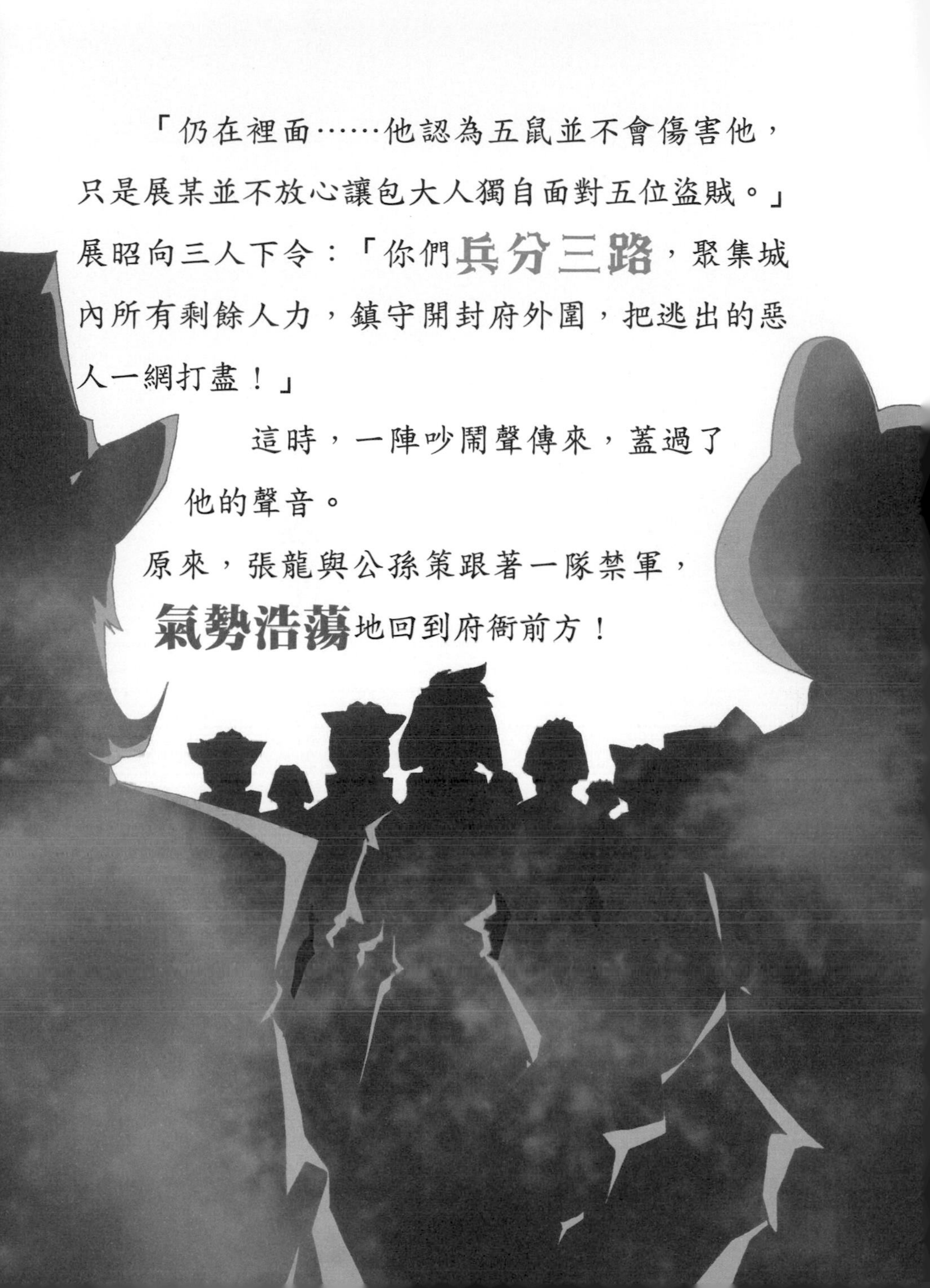

「展護衛，公孫先生及張捕快已向朝廷報告情況。」禁軍的領頭人走到展昭面前說道：「卑職專誠帶人前來營救包府尹！」

展昭及王朝感到**不對勁**，一同望向張龍。

張龍面有難色，回到展昭身旁。

「朝廷拒絕給予五鼠要求的贖金……」他悄聲耳語：「取而代之派出禁軍，準備總動員出擊，把府衙內的匪徒**一網打盡**！」

「這……這無異於把包大人置於險境之中！」王朝驚訝的道。

展昭更是直接走到禁軍頭領面前，試圖阻止。

「包府尹仍在五鼠手中，你們貿然闖入，恐怕會帶來反效果！」

「展護衛放心，我們飽經訓練，處理這種情況可謂**綽綽有餘**。」

禁軍頭領沒再理會展昭，而是開始指派著手下，把開封府重重包圍，準備一舉闖入。

展昭心知情況不妙，再次望向府衙，緊握著手上的巨闕寶劍——

「展大哥！你又要回到府衙之中嗎？」青青看穿了他的意圖。

「包大人尚在牢獄之中，我可不能袖手旁觀。」

「你不要再**單刀赴會**了！」青青打斷展昭的話，抓著他的手臂：「不是還有張龍他們嗎？」

青青苦口婆心的叮囑，使展昭想起張龍的一句話。

——**別孤軍作戰！**我們都是開封府的一員！

長年在外闖蕩，加上之前的經歷，他早就忘掉了「伙伴」是怎麼一回事……

展昭對青青露出一個淡淡的微笑，溫柔地撫著她的頭。

隨即轉身面對四位捕快……

「王朝、馬漢、張龍、趙虎……」他對四人道：「我們必須趕在禁軍輕舉妄動之前，殺進去營救包大人！」

「**遵命！**」四大名捕齊聲聽令！

五人旁若無人地，繞過了正在擺陣的禁軍，逐一掠過圍牆，回到了開封府之中！

第九章・伸冤

盧芳、韓霜、徐慶、小玉，還有剛趕回府衙的蔣萍，一一在牢獄處聚集。

五人已整頓好行裝，正打算**逃之夭夭**。

「大姐，任務完成了嗎？」蔣萍問道。

盧芳摸摸自己腰間的包袱，向她點點頭。

「可是，外面還是一片混亂……」蔣萍依然有點不放心：「我們要先處理好嗎？」

小玉聞言，點頭附和。

「開封府有著御貓及四位名捕，要把那批賊匪**一網成擒**，縱然吃力，也不過是時間問題。」韓霜回答：「倒是我們再不撤退，倒霉的怕就是我們了。」

小玉跟蔣萍都見識過展昭及王朝等人的實力，所以聽到韓霜這番話，也不再有甚麼異議。

盧芳打開了地下牢獄的門，又再回頭對著四人。

「霜兒已經打通了無憂洞，可是裡面地形錯綜複雜，妹妹們切勿走失。」

話音剛落，她就一馬當先走了進去；其餘四鼠深深吸一口氣，亦隨即跟上。

五鼠化成五道白影，掠過一個又一個的牢房，向著走廊末端那個中門大開的囚室狂奔！

「盧姑娘，本官有要事與你們五姊妹商討。」忽然，包大人的聲音，從其中一個囚室傳出。

以盧芳為首的隊伍，動作頓時停了下來，把目光瞥向囚室之中。

只見包大人盤著腿，**正襟危坐**，目光如炬地望著盧芳。

雖然身陷險境，烏紗被奪，然而卻完全無損他的威嚴。

「我說，你這副慘狀，還有甚麼話好說的？」小玉忍不住嗆道。

然而，盧芳卻舉手制止了小玉的話。

「包大人有甚麼要說的，儘管開口。」

「包拯，有屁快放，老娘還有事要忙呢。」徐慶不悅地說話。

包大人逐一打量著牢籠外的五個少女良久……

「你們的冤情，本官洗耳恭聽。」

包大人這**突如其來**的一句，對外人來說，不論如何都像是胡言亂語。

然而，五鼠們卻被這句話，弄得一臉詫異，**不知所措**起來。

盧芳更是凝視著包大人，若有所思……

「你……你這個自身難保的老頭，嘴硬甚麼？」徐慶指向包大人罵道。

「慶兒，**不得無禮**。」不愧是智囊，韓霜霎時就從驚愕中恢復過來，柔柔地向包大人道：「民女不明白，包大人指的冤情……是甚麼一回事？」

包大人微微一笑，不慌不忙地站起，走到五鼠面前。

「本官本以為你們突襲開封府，只為拯救白玉棠。」他皺起眉說道：「然而，你們的舉動，實在有太多**不合情理**之處。」

「我說，你這個狗官在**胡謅**甚麼？」小玉焦急起來。

「包大人何出此言……民女敢請包大人賜教。」韓霜眼神深邃地望向他。

「特立獨行、**盜亦有道**的五鼠，向來與江湖上的不法之徒並無交集，何解這次居然與他們結伴，高調地入侵開封？」包大人舉起一指：「如此鋪張又不義的行動，本來就不是你們的作風吧？」

「這是讓本官起疑的第一點。正因如此，本官明知徐慶姑娘出現的通報，實為調虎離山之計，但為引出你們，亦只好佯裝中伏。」

而且，白玉棠早已洗劫七慶樓，價值連城的贓物尚未流入民間，你們挾持以清廉著稱的開封府，亦是毫無因由的一著。這是令本官起疑的第二點。

本官方才跟展護衛見了一面，按他的所見所聞，可見你們來到開封的目的，不是為了偷走本官那寥寥數件的收藏，更不是為了勒索朝廷那筆龐大得可笑的贖金。

由此可見，洗劫府衙甚至整個開封城，只是個掩眼法；五鼠其實另有所圖。

包大人隔著囚室的欄柵，柔柔地盯著盧芳，眼神彷彿看穿了一切：「你們想偷走的，恐怕是些毫無價值、絕不起眼，卻又至關重要的東西。」

連番推論，五鼠們聽得**面面相覷**。

「**精彩精彩**，奴家素聞包大人斷案如神，今日終於得以一觀。」盧芳依然逞強，對著包大人輕輕拍著掌。

「盧姑娘言重了，這只是真正案件的冰山一角。」

「正是呢，要是你不知道我們想偷走的是甚麼，那一切都是空談。」

「要是本官沒推斷錯誤，你們要帶走的，應該是與**青龍會**有關的案件公文吧？」

聽到「青龍會」，五鼠紛紛臉色一沉。

「能夠動員如此多的賊匪流氓，替你們作掩飾，背後定有著一個了不起的勢力，從中作梗。」他一邊觀察著五鼠，一邊繼續說著：「本官跟青龍會交手過數次，深知他們爪牙遍地，甚至連朝廷內都暗中安插著他們的人。有這個能耐、而又與本官有著過節的，除青龍會以外，我實在想不到其他可能性了。

「藏於開封府之中，又與青龍會相關的物件，想必就是本官曾斷過、牽涉到他們的案件。素來要保持秘密的這個組織，又怎會讓自己存在的證據留存於此？

「青龍會能調動江湖中人，可謂意料之中……」包大人一掌拍在欄柵上，恍如敲響了驚堂木一般。

但特立獨行的陷空
島五鼠，為何要受
制於他們，相信當
中別有內情。

「包大人也知道，青龍會爪牙遍佈朝廷，而你再厲害，亦不過是一介朝廷命官。」盧芳又問道：「更何況，奴家又怎麼知道，你不是青龍會的人呢？」

「如果本官是青龍會中人，他們不用屢次用計想把本官除掉；更不會**大費周章**，想要偷走曝露他們存在的公文。因此你們絕對能放心信任我。」包大人自信滿滿：「毋寧說，本官是你們唯一能依靠的人。」

盧芳等人一聽，縱想反駁，又想不出片言隻語。

長年於法外遊走的五鼠，如今居然只能靠青天大老爺來**主持公道**，面對這個現實，她們一時間未能接受……

包大人見她們開始動搖，沒有留給她們半分猶豫的時間。

「我再說一遍，你們背後的隱情……本官洗耳恭聽。」包大人撫著鬍子道。

第十章·陷空島的危機

包大人層層拆解，說出了五鼠鬧東京背後的真相。

她們並沒有承認，但從那一臉**有口難言**的反應，就知道包大人的說法，雖不中亦不遠矣。

最先反應過來的，還是大姐盧芳及二姐韓霜。

盧芳脫下烏紗，交還給包大人。

然後，她跟韓霜兩人一同在欄柵外，向著包大人下跪！

「草民盧芳、韓霜……」

其餘三鼠見狀，亦紛紛放下手上武器，跪倒在地上！

「……徐慶、蔣萍、白玉棠，」五人齊聲向著包大人伸冤：「請包大人主持公道！」

在包大人眼中，面前的五位少女，已經由挾持朝廷命官、犯下**彌天大罪**的欽犯，變成了到開封府鳴冤的百姓！

「有冤陳冤，有話直說。」包大人也凝重起來。

盧芳抬起頭，眼神幽幽的望向他。

「陷空島上的盧家莊，本是奴家的出身地。」她開始向包大人述說著自己的身世：「陷空島地點神秘，因此從未受到朝廷滋擾；我們五位義結金蘭後，亦一直長居島上，四出行俠仗義，專門洗劫**為富不仁**的商人、打擊欺壓人民的強盜……

「半年前，我們收到消息，指飛雲盜就在開封**養尊處優**，因此小玉先行來到，想裡應外合，把他們一網打盡。」

「原來如此……」包大人對這件事依然記憶猶新：「白玉棠被擒，果真是你們意料之外。」

「我們最始料不及的是，青龍會的人從道上得知此消息後，來到了陷空島盧家莊……」韓霜接著說下去：「盧老爺被那群**無恥之徒**擄走，我們被勒索去執行這個大鬧開封的計劃，不然……盧老爺就會……遭遇不測……」

盧芳從包袱中取出數份公文，放到包大人面前。

「正如包大人所言，對你來說也許這些記錄毫無價值……」盧芳深深地向包大人叩頭：「對奴家來說，卻是攸關我爹的生死！」

終於了解到五鼠背後的苦衷，包大人不禁嘆一口氣。

「青龍會**禍害人間，姑息養奸**，並非長久之策……」他向著盧芳等人道：「本官大可指使開封府內，我最信任的精銳，先把盧姑娘父親救出，然後再從長計議，如何把青龍會連根拔起。」

「奴家並未看輕包大人，可是……」盧芳對著包大人苦笑：「青龍會勢力有多深，無從得知；要與這麼一個幫會對抗，談何容易？」

門倏地被轟開，打斷了盧芳的話……

攻其不備的一著，使盧芳差點被打中；韓霜射出鐵蒺藜替她擋下了攻擊。

五鼠束手
就擒吧！

在王朝的暗箭掩護下，展昭與趙虎從門後撲入，張龍及馬漢在兩人後方，勢如破竹來到了五鼠面前。

勢均力敵的兩伙人，旋即開始大戰——

「展護衛、盧姑娘！立即停手！」

包大人一聲喝令，雙方不由得放下手中武器。

「五鼠乃受青龍會威脅，逼不得已才犯下大錯。」他簡而精地向展昭他們解釋：「要揪出這個**神龍見首不見尾**的幫會，我們恐怕要借助五鼠的幫助。」

「又是青龍會嗎？」四大名捕回想起之前與青龍會交手的經歷，不禁一凜。

「公孫先生向朝廷求救，禁軍已經把這裡包圍了。」展昭著急起來：「不論背後有何文章，你們都先投降吧！」

聽到禁軍出動，盧芳連忙把青龍會的公文再次放入懷中，五鼠們戰意再起……

「要是向包大人投降，我們還有考慮的空間。」盧芳替五鼠道出疑慮：「可是向朝廷投降，倘若落入青龍會的細作手中……不但我爹，就連我們五人，恐怕都**性命堪虞**！」

包大人正想再開口游說——

可是禁軍浩瀚急促的腳步，毫不留情地剿滅餘黨的聲音，已響徹了整個府衙！

為了生存，五鼠們別無他法……

「包大人……御貓……我們**後會有期**了！」臉色慘白的盧芳笑道。

包大人高聲喝止！

來不及了……

韓霜手一揮，數枚鐵蒺藜射向開封府眾人；

蔣萍臂一揚，一顆彈丸掉到地上應聲爆裂；

眾人反應過來，登時護在包大人面前！

煙霧頓時滿佈整個牢獄。

「**鏘鏘鏘**」——鐵蒺藜擊中捕快們護甲，掉地的聲音響起……

「請包大人及幾位差大哥，日出後到城北的山上，最高最老的那棵大榕樹一看。」一片白濛濛中，盧芳的聲音傳出：「往後的事，就有勞包大人了……」

單憑聲音，展昭無法辨認到她的確實位置，只知道她離自己愈來愈遠。

煙霧散去後，他們才發現，五鼠早就竄進無憂洞裡去了。

幸好，這次只是普通煙霧，並不是會致幻的迷煙。

話雖如此，甫剛有機會一覷背後的陰謀時，五鼠就逃之夭夭，使展昭及四大名捕都**頹然若失**。

「包大人，接下來，我們應該怎樣？」展昭問道。

一直潛藏的**大敵**青龍會，忽然對開封做出如此影響深遠的舉動，包大人霎時間也未能想出甚麼對策來。

「只寄望盧姑娘能成功救出父親。」他只能對茫然的五人，勉強一笑。

第十一章・劃破黑夜

東方的天空，灑來黎明的第一縷晨光，劃破這個**漫長的黑夜**。

城北的山上，就如盧芳所說，長著一棵又粗又壯的大榕樹。

晨光透過茂盛的葉片、濃密的氣根，照到樹下的四大名捕身上。

四人把剷子擱在肩上，仔細入微的在樹下搜索著。

「**這裡……有動土的痕跡。**」馬漢發現了甚麼，朝另外三人喊道。

王朝等人聞言，連忙聚到他身邊定睛一看，地上果然明顯有一幅新蓋上去的土。

他們互相對視，沒再多言，扛起剷子就開始挖了起來……

離大榕樹約十呎遠的崖邊，包大人肅然立著，與身旁的展昭及公孫策遠眺整個開封城。

遠處仍有不少地方冒著濃煙，偶爾傳來數下哄動。

但是，經過衙差們一夜折騰，以及禁軍的介入，城內已漸漸恢復秩序。

「青龍會**三番四次**，針對開封甚至本官使出陰謀詭計……」包大人面色鐵青著：「如今終於成功消去記錄；在敵暗我明的局勢下，可以想像他們的攻擊將會**接二連三**。」

「他們為何對開封如此執迷？」展昭雙手翹在胸前，提出了疑問。

「青龍會於府衙的記錄，全數被盧芳帶走……」公孫策眼神望向遠方：「如今除了五鼠外，已沒有其他跟青龍會相關的人和事了。」

但是，陷空島的所在地，根本就無人知曉呀！

「接下來，就勞煩你們兩位，繼續緊咬著青龍會的尾巴。」包大人向展昭及公孫策輕描淡寫的道。

「包大人，你這是甚麼意思？」展昭大驚！

「五鼠及賊匪把開封鬧得**滿城風雨**，本官身為府尹，不但無力阻止，更反被監禁，驚動到禁軍出手……」包大人苦笑：「最後更讓表面上的主謀——五鼠全員逃脫，如此瀆職，相信朝廷輕則會革除本官，重則——」

「**太好了！**」如此沉重的氣氛下，四大名捕忽然歡呼起來?!

「有點分寸好不好？」展昭忍不住破口大罵！

「不！展大哥你看看！」灰頭土臉的王朝，向展昭招手。

四人如此雀躍，展昭亦好奇起來，走到了他們身邊。

原來，他們在榕樹旁的地上，向下挖了數呎深的土，掘出一個大坑洞來。

坑洞中，居然出現幾個相當眼熟的寶箱！

趙虎用剷一下把箱撬開，**閃閃發光**的珠寶馬上映入眼簾！

公孫策也來到坑洞旁，往下一看。

「這不就是七慶樓案中，一直無法找回的那批財寶嗎？」幾番思量後，他笑逐顏開。

「包大人，這想必是五鼠對你的補償。」展昭也明白了盧芳的用意：「只要把贓物上報朝廷，將功補過，包大人至少能**保住烏紗**。」

聞言，包大人鬆了一口氣。

展昭在珠寶之中發現了一封信件，立即打開一看……

那原來是一張通往陷空島的地圖！

「這是甚麼意思？」馬漢搔著腦袋問。

「看來，五鼠要跟我們連成一陣線了！」包大人道。

亦敵亦友的五鼠，**詭秘莫測**的青龍會……

「既然牽涉到青龍會，當今朝廷已無可信之人……」他立定決心，流露出堅決的眼神：「今日一案的背後隱情，只能由我們七人知道，決不能外洩。」

展昭、公孫策及四大名捕，一同對包大人作揖聽令。

眾人望向破曉的天空，明白到危機將會接踵而來，他們唯有收拾心情，準備逐一面對……

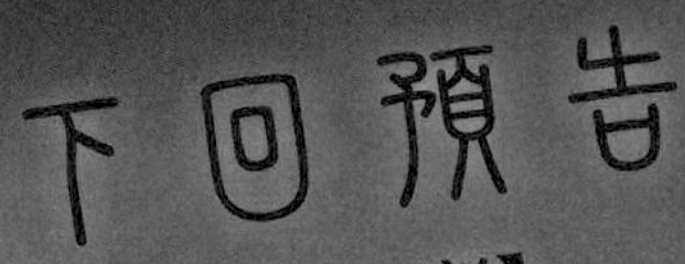

【第八期】

老翁蔣欽爲人正直不阿，以賣穀爲業。

一日蔣翁偶遇王盧及劉化，卻被使計騙走了二十車穀物，欲哭無淚……

蔣翁向開封府求助，才得知原來王盧及劉化，是兩個擅使「撮摶之術」的騙徒。

爲替蔣翁討回公道，包大人與兩名江湖術士，展開了一場騙術的大鬥法！

快將出版！

陷空島五鼠

以鋤強扶弱、劫富濟貧為己任，「陷空島五鼠」這五位俠盜，源自於清朝說唱家石玉崑的口頭創作，後被結集成《三俠五義》這部章回小說。原著中這個各懷絕技的俠盜團伙，其實是五個男兒身的結拜兄弟！

大哥鑽天鼠盧方輕功了得，專門勘探環境、制定計劃；二哥徹地鼠韓彰擅於挖地道，負責善後、逃跑路線；三哥穿山鼠徐慶武功高強，亦為野外生存高手；四哥翻江鼠蔣平有勇有謀，更是個游泳能手；五弟錦毛鼠白玉堂容貌俊美，乃一個文質彬彬的大儒俠。

而陷空島，則是一個虛構的島嶼，五鼠本來於這裡定居。可是，當展昭被封為「御貓」後，基於傳統「貓捉老鼠」的概念，五鼠認為這是展昭以至朝廷對他們的蔑視挑釁，因此來到開封大鬧，以一場「五鼠鬧東京」（宋朝時，開封亦稱「東京」）作為報復！

後來，五鼠多次與包大人及展昭鬥法，終於折服於包大人手下，成為了他的得力助手，替朝廷立下不少汗馬功勞，洗脫了「鼠」這個污名，獲得皇上御賜「五義」的稱號——亦即是《三俠五義》中的五義！

至於三俠嘛，當然有我們所熟悉的展昭，他被稱為南俠；此外，還有他的義兄北俠歐陽春，以及雙俠丁兆蘭、丁兆蕙。後來，清朝學者俞樾重新編寫故事，把雙俠拆分成兩俠，更加入了小俠艾虎、黑妖狐智化以及小諸葛沈重元，把故事再版成更為家喻戶曉的《七俠五義》。

隨著五鼠的現身以及展昭的大活躍，相信包大人接下來的冒險當中，其餘數俠的身影，亦將會陸續粉墨登場！

今期收錄的成語

成語	釋義	頁數
一絲不苟	做事認真，一點也不隨便、草率。	p. 5
傾巢而出	巢：巢穴。比喻動用全部的人力，全體出動。	p. 6
束手就擒	不加抵抗，讓人綑綁捉拿。	p. 6
易如反掌	像翻一下手掌那樣容易，比喻事情非常容易就能做到。	p. 6
分身乏術	非常繁忙，無法再兼顧其他事。	p. 6
打道回府	古時官員出巡後回府衙，差役會在前鳴鑼開道，稱為「打道回府」。後引申為歸去、回去的意思。	p. 7
浩浩蕩蕩	水勢盛大壯闊的樣子。形容氣勢雄壯、規模宏大。	p. 7
嚴陣以待	以嚴整的陣勢等待敵人來犯。指預先做好戰鬥的準備。	p. 8
嫣然一笑	女子甜美嫵媚的微笑。	p. 9
自投羅網	自己主動鑽入對方佈下的陷阱中。即自己招來禍害，也有自作自受的貶意。	p. 9
口出狂言	嘴裡說出狂妄自大的話。指說話狂妄、放肆。也指胡說八道。	p. 12
不寒而慄	不因寒冷而發抖。指恐懼心理引起的驚顫。	p. 13
繩之以法	以法律為準繩來加以懲治。指對違法者執行法律。	p. 14
事有蹊蹺	怪異而違背常情。蹊蹺，也可寫作蹺蹊。	p. 14
箭在弦上	箭已搭在弓弦上。比喻事情為形勢所逼，已到不能不做，一觸即發的地步。	p. 15
水洩不通	十分擁擠或圍得非常嚴密，連水都無法流通。如果是防備，則極森嚴。	p. 21
嗤之以鼻	從鼻子裡發出冷笑或吭氣。表示不屑、鄙視、瞧不起。	p. 23

成語	釋義	頁數
心緒不寧	心裡焦急不安定。	p. 26
調虎離山	設法使老虎離開山岡。比喻誘敵離原來的地方，以便於乘機行事。	p. 26
文質彬彬	文采和實質均備，配合得宜。形容人氣質溫文，行為舉止端正。	p. 32
殺氣騰騰	原義是形容要殺人的兇惡氣勢，現今用來形容險惡的氣氛。	p. 32
茫無頭緒	對事情摸不著邊，完全沒有想法，不知從何下手。	p. 37
稍安勿躁	耐心等待一會兒，不要急躁。	p. 39
以寡敵眾	以少數的兵力抵禦眾多的人馬。以少對付多。	p. 42
身陷囹圄	囹圄：監獄。失去人身自由，正在監牢裡。 有時也指好人蒙受冤屈，陷入困難或束縛中。	p. 42
排山倒海	把山推開，把海翻過來。形容聲勢浩大，來勢兇猛。	p. 43
苟延殘喘	勉強存續生命。比喻勉強撐住局面。	p. 43
漏網之魚	逃脫魚網的魚。比喻僥倖逃脫的罪犯或敵人。	p. 43
奮不顧身	勇往直前，不顧惜自身安危，無懼生死。	p. 44
自身難保	自己保不住自己。	p. 48
後顧之憂	顧：回頭看。指在前進過程中，擔心來自後方、家裡或將來的憂患。	p. 49
趾高氣揚	走路腳抬得很高，十分神氣。形容驕傲自大、自命不凡的樣子。	p. 50
山雨欲來	形容重大事件發生前的緊張情勢。好像大風大雨快要來之前的心情。	p. 50
群龍無首	一群龍聚集，但沒有領頭的。比喻許多人聚在一起而沒有領頭的人。	p. 54
心亂如麻	心中煩亂得像一團亂麻。形容亂了方寸，不知如何是好。	p. 54

成語	釋義	頁數
五花大綁	一種綁人的方法。用一根繩連繫頸項，然後由背再分綁兩臂。形容綁得很緊，沒逃走餘地。	p. 56
不法之徒	違反法令的歹徒或逃犯，或犯有暴力行為罪行的亡命之徒。	p. 58
目無法紀	膽大妄為，無視於法律的存在。	p. 58
肆無忌憚	肆：放肆；忌：顧忌；憚：害怕。非常放肆，一點沒有顧忌。	p. 58
烏煙瘴氣	烏煙：黑煙；瘴氣：熱帶山林中的一種濕熱空氣，古時認為是一種病原。比喻環境污濁、秩序混亂或社會黑暗。	p. 59
一網成擒	全部抓到，不留遺餘。	p. 59
無的放矢	矢是箭。沒有箭靶而胡亂放箭。比喻言語或行動沒有目的。	p. 59
垂涎三尺	流下三尺長的口水。形容饞嘴到極點。亦形容羨慕到極點，極想據為己有。	p. 60
陰陽怪氣	性情古怪，令人捉摸不定。	p. 64
大惑不解	十分糊塗、迷惑，不懂道理，無法了解。	p. 66
得不償失	償：抵得上。所得的利益抵償不了所受的損失。	p. 67
一馬當先	原指作戰時策馬衝鋒在前。形容領先。也比喻工作走在群眾前面，積極帶頭。	p. 67
義憤填膺	義憤：對違反正義的事情所產生的憤怒；膺：胸。發於正義的憤懣充滿胸中。	p. 75
為所欲為	想做甚麼就做甚麼。	p. 78
烏合之眾	暫時湊合，無組織、無紀律的一群人。	p. 79
遍體鱗傷	渾身都是傷，傷痕像魚鱗一樣密。	p. 80
金蟬脫殼	金蟬成蟲時要脫去殼。後比喻用計謀脫身。	p. 81
一丘之貉	丘：土山；貉：一種形似狐狸的野獸。同一山丘上的貉。比喻彼此同樣低劣，並無差異。	p. 82

成語	釋義	頁數
氣急敗壞	上氣不接下氣，狼狽不堪。形容十分慌張或惱怒。	p. 83
不動聲色	聲：言談；色：臉色。在緊急情況下，說話、神態仍跟平時一樣沒有變化。形容非常鎮靜。	p. 86
喜極而泣	高興到了極點，反而落下淚來。	p. 86
重整旗鼓	整：整頓，收拾。比喻失敗之後，整頓力量，準備再試。	p. 96
面有難色	臉上露出為難的神色。	p. 98
綽綽有餘	綽綽：寬裕。形容非常寬裕，用不完。	p. 98
旁若無人	說話舉動毫無顧忌，意態自然或高傲，好像四周無人。	p. 100
錯綜複雜	錯：交錯，交叉；綜：合在一起。形容頭緒多，情況複雜。	p. 102
目光如炬	眼光亮得像火炬。形容發怒時的神色。亦形容眼睛明亮有神。後亦比喻見識高明。	p. 103
洗耳恭聽	洗乾淨耳朵恭恭敬敬聽別人講話。請人講話時的客氣話。指專心、真心地聽。	p. 104
若有所思	若：好像。好像在思考、沉思著些甚麼。	p. 105
大費周章	周章：曲折，不順利。指事情麻煩瑣碎，必須耗費許多時間和精力來處理。	p. 113
有口難言	雖然有嘴，但話難以說出口。指有話不便說或不敢說。	p. 115
義結金蘭	金，比喻堅韌。蘭，比喻香郁。金蘭形容友情深厚，相交契合。用做結拜為兄弟姐妹的代稱。	p. 117
滿城風雨	原形容重陽節前的雨景，城裡到處颳風下雨，是秋天常有情景。後形容事情傳遍每個角落，到處議論紛紛。	p. 128
將功補過	將：用。用功勞來補償過錯。	p. 130
接踵而來	指人們前腳跟着後腳，接連不斷地來。形容來者很多，絡繹不絕。	p. 131

2021 香港書展

日期：2021年7月14日至20日（星期三至二）
地點：灣仔香港會議展覽中心 HALL 1 1C-C32

除了長期拿取三甲的《童話夢工場》之外，創造館出品必屬佳品的「公主」系列的，還有兩本超新星——《推理七公主》及《公主訓練班》！

甫出版一期即上暢銷榜，實力非凡！
2021年創造館最引人矚目新作。

五個性格各有特色的平民學校女生，
原來都是未經雕琢的寶石！
一旦長處經過發掘再加上刻苦訓練，
她們將會出道，成為閃耀的超新星偶像女團！

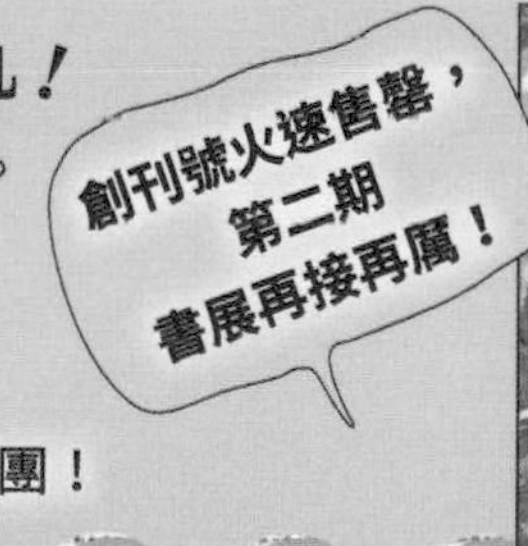

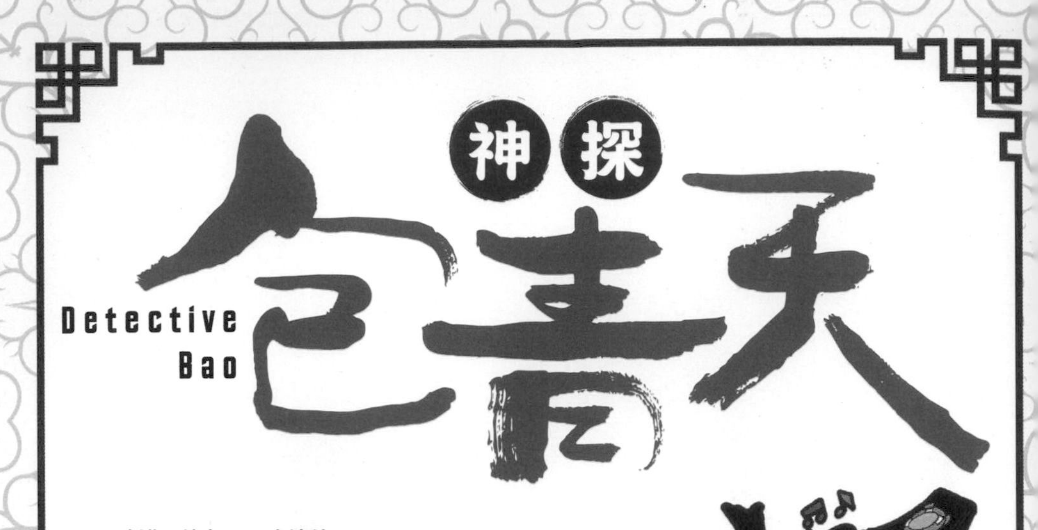

創作 / 繪畫　余遠鍠
故事 / 文字　何肇康
監製　余兒
封面設計　faminik
內文設計　siuhung
編輯　小尾
校對　萍
出版　創造館
CREATION CABIN LTD.
地址　荃灣美環街 1-6 號時貿中心 6 樓 4 室
查詢電話　3158 0918
發行　泛華發行代理有限公司
香港新界將軍澳工業邨駿昌街七號二樓
印刷　高科技印刷集團有限公司
出版日期　2021 年 7 月
ISBN　978-988-75065-9-1
定價　$68